개에게 우유를 먹이는 방법

개에게 우유를 먹이는 방법

나를 찾는 지혜

글 · 풍경소리
전각 · 정고암
그림 · 박준수

운주사

머리말

〈108산사 순례단〉과 함께 듣는 사찰 법당 처마의 풍경소리는 늘 편안합니다. 늘 위안을 줍니다. 어린 시절 어머니의 손길과 작은 속삭임처럼 말입니다.

지하철과 철도에서 〈풍경소리〉는 그런 위안이었을 거라고 감히 생각해 봅니다.

옛적보다 물질적으로 잘 살게는 되었지만 잃어버린 것들이 많습니다. 그중에서도 서로 위로하고 함께 기뻐하는 마음은 잃지 말아야 할 것들이었습니다. 칭찬과 격려의 습관들도 사라지고 있습니다.

빠르게 변화하는 세상에서 무한경쟁 속에 살다보니 1등 아니면 알아주지 않고, 1등을 해도 칭찬이나 감탄보다는 시기와 질투가 만연합니다. 왜 사는지, 삶의 진실한 목적도 없이 그저 뭔가를 쫓고 뭔가에 쫓기면서 살아가고 있습니다. 〈풍경소리〉는 이런 세태에 맑은 경종을 울리고자 한 땀 한 땀, 한 발 한 발 17년을 이어왔습니다.

한 달에 한 번씩 스스로를 돌아볼 수 있는 글과 그림으로 시민들과 함께해 왔습니다.

그리고 그 사이 모음집을 4권이나 내 놓았습니다.

이번에 도서출판 운주사와 손잡고, 그중 반향이 좋았던 글을 추려 뽑아 단행본 한 권으로 출간하게 되었습니다. 이를 통해 독자들에게 〈풍경소리〉의 마음과 정신이 잘 전해지기를 기대합니다.

이 책을 읽는 모든 이들이 고통과 고통의 원인과 불편한 마음에서 벗어나 행복에 이르기를 발원합니다.

2016년 11월
풍경소리 대표이사 회장
선묵 혜자 손모음

1. 돌아보기 🌸 향기 맑은 사람

2. 바라보기 🌸 마음의 고요가 행복

3. 통찰하기 🌸 천한 사람 귀한 사람

4. 알아차리기  하루를 살듯이

1。
돌
아
보
기

사랑의 방정식

기린의 몸에서 가장 힘이 센 곳은 뒷발이라고 합니다.
그 힘이 얼마나 강하던지 그 발에 한번 걷어차이면
같은 기린이라도 죽어버릴 수도 있을 정도랍니다.
그런데 기린이 서로 싸움을 할 때만큼은
아무리 치열한 싸움을 벌인다 해도
그 뒷발을 절대로 사용하지 않는다는군요.

우리 사람들은 어떨까요?
적은 물론이고 경쟁자에게까지도 자기의 힘과 무기를
최대한 사용하진 않나요?
당신이 미워하고 싫어하는 그 사람마저도
이 땅에 함께 살아가는
동반자라는 생각을 해 본 적이 있으신가요?

은산 스님 (부산 금선사 주지)

당신의 살구기름

여우는 살구기름을 좋아한다. 사람들은 살구기름에 독을 넣어
여우가 잘 다니는 길목에 놓아둔다. 그 사실을 알고 있는
여우는 살구기름이 놓인 길목에 다다르면 빨리 지나친다.
하지만 그만두고 돌아서기에는 아쉬운 구석이 있다.
여우는 먹지 말고 냄새나 맡고 가자며 슬며시 마음을 돌린다.
"에이, 입만 대보고 가지 뭐. 그런다고 죽기야 하겠어?"
그렇게 자신과 타협을 하고 혀를 살짝 댔을 뿐인데
살구기름은 목을 타고 저절로 넘어가 버린다.
허겁지겁 살구기름을 먹던 여우는
정신이 번쩍 들었지만,
기름은 이미 반으로 줄어 있다.
자포자기 심정이 된 여우는 남은 기름마저 먹어치운 뒤
살구기름이 놓인 길목에서
한 치도 벗어나지 못하고 결국 죽고 만다.

당신의 살구기름은 무엇입니까?

이명선(수필가)

다시없을 인연

'20억 번'

당신의 심장이 평생 뛰는 횟수입니다.
한 회, 한 회 뛰는 심장은
당신이 살아 숨 쉰다는 증거이며
또한 죽음을 향해 달려가고 있다는 뜻이기도 합니다.
매 심장 박동마다 한 명씩 사람을 만난다고 하더라도
전 세계 인구의 1/3도 만나지 못합니다.

지금 이 순간에도 묵묵히 뛰고 있는 심장에게는
단 한 번의 박동도 다시는 오지 않을 순간이며
지금 당신과 심장 박동을 나누는 이는 다시없을 인연입니다.

최윤주(미국 다트머스대학교 계산생물학 연구원)

궁핍

가난한 형과 한 나라의 왕인 동생이 있었습니다.
동생은 형이 사는 도시의 시장에게 돈을 주면서
형을 도와주라고 했습니다.
시장이 형을 찾아가 돈을 건네려 하자 형이 말했습니다.
"나에게는 돈이 필요 없습니다.
나에게 줄 돈이 있다면
그것을 부자들에게 나누어 주십시오."

얼마 후, 동생이 형을 찾아가 물었습니다.
"왜 돈을 가난한 사람에게 나누어 주라고
하지 않고 부자들에게 주라고 했습니까?"

형이 대답했습니다.
"부자들은 항상 더 많은 돈을 바라네.
그러니 그들은 정말 가난한 사람보다
더 궁핍한 자들이 아닌가?"

김원각 (시인)

고승의 등

어느 고승 밑에 많은 제자가 공부하고 있었습니다.
하루는 고승이 밤늦게 산책하다가
몰래 담을 넘어 오는 제자들을 발견했습니다.
술을 마시러 마을로 갔다 오는 것이었습니다.
며칠 뒤 다시 마을로 갔던 제자들은 새벽녘에
발판을 밟고 담장 안으로 내려섰습니다.
그러나 그것은 발판이 아니라 고승의 등이었습니다.
고승이 말했습니다.
"이른 새벽에는 공기가 차다. 감기 들지 않도록 조심해라."
다시는 담을 넘는 제자가 없었습니다.

김원각(시인)

나누면 남는다

어떤 사람이 대중을 향하여 물었습니다.

"작은 솥 하나에 떡을 찌면 세 명이 먹기도 부족합니다.

그러나 천 명이 먹으면 남습니다.

그 이유를 아시는 분?"

아무도 답을 하지 못했습니다.

그때 멀찍이 서 계시던 노스님이 말했습니다.

"서로 다투면 모자라고, 나누면 남지."

『송고승전宋高僧傳』 중에서

초대

어떤 큰 부잣집에 생일잔치가 벌어졌습니다.

옷차림이 허름한 선비가 그 집에 들어가려 하자

문지기가 가로막았습니다.

선비는 자신의 신분을 밝혔으나 결국 쫓겨나고 말았습니다.

선비는 돌아가 좋은 옷을 빌려 입고 왔습니다.

그러자 문지기는 허리를 굽실거리며 들여보냈습니다.

모두들 즐겁게 음식을 먹고 있는데

선비는 자리에 앉아 음식을 옷에다 문지르고 있었습니다.

옆 사람이 왜 그러느냐고 묻자

선비는 대답했습니다.

"이 집은 사람을 초대한 것이 아니라

옷을 초대했으니 음식도 옷이 먹어야 하지 않겠소."

『대지도론』 중에서

회초리를 기억하시나요?

옛날에 한 선비가 있었다.

피나는 노력 끝에 장원급제하여 금의환향하는 길이었다.

며칠 후 고향 마을이 보이는 고갯마루에 이르자

갑자기 말에서 내려서더니 숲으로 들어가는 것이었다.

의아하게 생각한 사람들이 그의 뒤를 따라갔다.

그런데 소피를 보는 줄 알았던 그 선비가 싸리나무에 대고

큰절을 올리는 것이 아닌가.

사람들이 그 까닭을 물었다. 그랬더니 그가 하는 말이,

"이 싸리나무 회초리가 아니었으면

어찌 오늘의 영광이 있었겠는가?" 하는 것이었다.

우리는 학생 시절 선생님의 따끔한 회초리의 고마움을

잊고 살아간다.

손광성 (수필가)

분침分針과 시침時針

분침이 시침에게 말했습니다.
"에이그, 게으른 녀석.
어떻게 한 시간에 한 발밖에 못 가니?
난 한 시간에 한 바퀴씩 돈다."
이번에 시침이 말했습니다.
"쯧쯧, 무능한 녀석.
어떻게 한 바퀴를 다 돌아야 겨우 한 시간의 일을 하니?
한 걸음에 한 시간씩이다."

모든 것을 자기 기준에 맞추다보면
남의 것은 모두 단점으로 보일 수도 있습니다.

정진권(수필가 • 한국체대 명예교수)

맑은 날만 계속된다면

호두나무 과수원 주인이 어느 날 천신께 빌었습니다.
"일 년 동안 궂은 날 없이 좋은 날만 내려 주십시오."
그의 소원대로 일 년 내내 청명한 날만 계속 되었고,
대풍년이 들어 과수원 주인은 감격했습니다.
그러나 호두 안에는 알맹이가 들어 있지 않았습니다.
그가 천신에게 항의하자,
천신은 대답했습니다.
"도전이 없는 것에는 알맹이가 들지 않는 법이라네.
알맹이란 폭풍우 같은 시련과 목이 타는 가뭄과
고통이 있어야만 여무는 것이라네."

맹난자(수필가)

지켜본다는 것은

어떤 사람이 나비의 누에고치를 하나 발견했습니다.
나비는 작은 입으로 고치집을 헤치고 빠져 나오려고
안간힘을 쓰고 있습니다.
그 사람은 나비가 빨리 나올 수 있도록 고치에 대고
입김을 불어 넣었습니다.
따뜻한 기운을 받은 나비는 고치에서 쉽게 빠져 나왔지만
나비는 이 세상에 나오자마자 곧 죽고 말았습니다.

때로는 옆에서 묵묵히 지켜봐 주는 것만으로도
상대방에게 큰 힘이 될 때가 있습니다.

맹난자(수필가)

세상의 모든 풀이 약초이듯이

부처님의 주치의였던 기바가 의사 수업을 받을 때의 일입니다.
어느 날 스승이 기바에게 망태를 던져 주면서 말했습니다.
"약초를 캐 오너라. 이것이 마지막 시험이다."
그는 며칠이 지나서야 그것도 빈 망태인 채로 돌아왔습니다.
"약초는 캐 오지 않고 어디를 갔다 왔느냐?"
"스승님, 세상에 약초 아닌 것이 없었습니다.
온 천지가 약초뿐인데 어떻게 다 담아올 수 있겠습니까?"
기바의 말을 듣고 스승은 그를 의사로 인정했습니다.

세상에 약초 아닌 것이 없듯이
존재하는 모든 것은 존재의 가치가 있는 것입니다.

문윤정 (수필가)

이 옷과 밥과 집

지금 입고 있는 옷,
내가 한 땀 바느질도 안 했건만
나를 감싸주고 있습니다.

점심때 먹은 밥,
내가 벼 한 포기 심은 적 없건만
내게 힘을 주고 있습니다.

내가 자고 쉬는 집,
벽돌 한 장 몸소 쌓은 적 없건만
나를 포근히 받아줍니다.

이 집, 밥, 옷을 지으신
그 귀한 손길을 잊지 않겠습니다.

고규태(시인)

누가 그 음식을 먹겠느냐?

매사에 불만을 터뜨리며 남을 비방만 하는
사람이 있었습니다.
마을 사람들은 그를 보면 슬슬 피해 다녔습니다.
이런 소문을 들은 스승이 어느 날 그를 불러,
이렇게 물었습니다.
"네가 맛있는 음식을 장만해 놓고 손님을 초대했다.
그런데 초대된 손님이 음식을 먹지 않고
그대로 돌아간다면 그 음식을 어떻게 하겠느냐?"
"그야 당연히 저와 집안 식구들이 다 먹어야지요."
"그래. 그것과 마찬가지다.
네가 아무리 남을 헐뜯고 비방해도
상대방이 그것을 먹지 않는다면
너와 네 가족이 고스란히 먹게 되느니라."

김영회(시인)

증거

여러 친구가 방에 모여 잡담을 하고 있었습니다.

오늘 따라 A라는 친구가 빠졌습니다.

어떤 친구가 A에 대한 말을 꺼냈습니다.

"그 친구 다 좋은데 걸핏하면

화를 잘 내고 경솔한 게 흠이야."

A에 대한 단점은 여러 친구도 인정했습니다.

이때 마침 A라는 친구가 들어오다 그 말을 듣고는

자신의 단점을 말한 친구의 멱살을 잡아 흔들며 말했습니다.

"내가 언제 화를 잘 내며 경솔한 행동을 했단 말이냐?"

다른 친구가 말리며 말했습니다.

"지금 자네가 하고 있는 행동이 바로 화를 잘 내고

경솔하다는 증거가 아닌가?"

김원각(시인)

도둑과 도둑님

어느 젊은 스님이 인사를 드리자 큰스님은
"야, 이 도둑놈아!" 하고 고함을 치시며 사라져버렸습니다.
한 달쯤 후에 만난 큰스님의 답례는 똑같았습니다.
며칠 후 큰스님과 다시 마주친 젊은 스님이
작정하고 따져 물었습니다.
"스님, 제가 왜 도둑놈입니까?"
"아님 말고!"
큰스님의 짧은 대답에
허탈해진 그 스님은 평생
"야! 이 도둑놈아!"가 화두話頭가 되어
자신을 살피게 되었습니다.

이 세상에 도둑 아닌 사람이 없습니다.
밥도둑, 시간 도둑, 약속 도둑, 지식 도둑, 은혜 도둑,
양심 도둑…….
하나같은 도둑들이 도둑놈인지도 모르고
'도둑님'으로 시치미 떼고 살고 있습니다.

이정우(군승법사)

머리에 붙은 불을 끄듯

옛날 한고조寒苦鳥라는 새가 있었습니다.
이 새는 둥지가 없어 밤이면 언제나 추위에 떨며
'날이 새면 꼭 집을 지으리라'고 다짐합니다.
그러나 날이 밝아 따뜻해지면 생각이 곧 바뀌어
'이렇게 따뜻한데 애써 집을 지을 필요가 있겠는가?'
하면서 빈둥빈둥 먹고 놀기만 합니다.
밤이 되면 또 후회하는 것은 물론입니다.

오늘 당장 해야 할 일을 추우면 춥다고, 더우면 덥다고,
아직 이르다고, 너무 늦었다고
갖은 핑계를 대며 다음으로 미루면서
게으름을 피우는 우리와 한고조는 닮은꼴이 아닐는지요.
'머리에 붙은 불을 끄듯' 몸과 마음이 게으르지 않도록
자신을 다잡아 가야 할 일입니다.

박경준(동국대 교수)

어머니의 마음

어느 나라에 일정한 나이가 되면
부모를 산에 버리는 풍속이 있었습니다.
우리나라 고려장과 비슷했습니다.
한 아들이 노모를 업고 깊은 산으로 들어섰습니다.
숲이 짙은 오솔길로 들어서자
노모는 솔잎을 따서 띄엄띄엄 길에 뿌렸습니다.
아들이 왜 솔잎을 뿌리느냐고 묻자
노모는 힘없이 말했습니다.
"응, 네가 혼자서 돌아갈 때 혹시
길을 잃을까 표시를 해놓은 것이니 잘 살펴 가거라."

김원각(시인)

탐욕의 끝은 어디인가?

어느 날, 왕이 전쟁에서 승리한 장수를 불러 소원을 물었다.
"저에게 조그만 땅을 주시면 그곳에 집을 짓고 싶습니다."
왕은 잠시 고민하다가 이렇게 말했다.
"집의 크기를 알 수 없으니, 해가 지기 전까지
그대가 뛰어간 만큼의 땅을 주겠다."
장수는 궁궐을 나오자마자 뛰기 시작했다.
해가 뉘엿뉘엿 기울자 더 이상 뛸 수가 없었지만,
그는 걸음을 멈추지 않았다. 몸은 만신창이가 되었고,
그의 입에서는 거품이 흘러나왔다.
그는 마지막 힘을 다해 손에 들고 있던 지팡이를
앞쪽으로 내던지며 외쳤다.
"저 지팡이가 떨어진 데까지 내 땅이다."
그러면서 그는 곧 숨을 거두고 말았다.
그 소식을 들은 왕은 쓰게 입맛을 다시며 말했다.
"쯧쯧, 결국은 한 평 땅에 묻힐 거면서……."

이용범(소설가)

따뜻한 손

K씨는 쓰던 원고를 덮어두고 산책길을 나섰습니다.
공원 앞에 다다랐을 때,
한 노인이 구걸하는 손을 내밀고 있었습니다.
K씨는 급하게 주머니를 뒤졌지만
손에는 아무것도 잡히지 않았습니다.
떨고 있는 허공의 그 손을 K씨는 달려가 덥석 잡았습니다.
'아아!' 전율하듯 노인도 K씨의 손을 마주 잡았습니다.
"싸늘한 동전 몇 닢 던져준 사람은 많았어도
이렇게 따뜻한 손은 선생님이 처음이십니다."

석양이 가다 말고 돌아봅니다.
금빛으로 그들의 얼굴은 물들어 갔습니다.

맹난자(수필가)

향기 맑은 사람

박식한 사람의 귀는
보석 없이도 빛나고
베푸는 이의 손은
팔찌 없이도 빛나는 법
그대에게서 풍기는 향기는
몸에 바른 전단향 때문이 아니라네.
그대에게는 그대 아닌 사람을
아름답게 바라볼 줄 아는
눈이 있기 때문이라네.

『수바시따』 인도 잠언시집 중에서

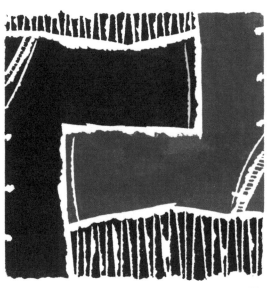

물건에 대한 대접

우전왕의 왕비는 5백 벌의 가사를 아난존자에게 보시했습니다.
왕이 아난존자에게 물었습니다.
"이 많은 옷을 다 어떻게 하시렵니까?"
"여러 스님들께 나눠드릴 생각입니다."
"그러면 스님들이 입던 헌 옷은 어떻게 하시렵니까?"
"스님들의 헌 옷으로는 이불 덮개를 만들겠습니다."
"헌 이불 덮개는 어떻게 하시겠습니까?"
"헌 이불 덮개는 베갯잇을 만드는 데 쓰겠습니다."
왕의 질문은 계속되었지만 존자의 대답은 막힘이 없었습니다.
"헌 베갯잇으로는 방석을 만들고, 헌 방석은 발수건으로,
헌 발수건으로는 걸레를 만들고,
헌 걸레는 잘게 썰어 진흙과 섞어 벽을 마르는 데 쓰겠습니다."

물건의 수명도 인간의 수명만큼 소중합니다.
그 수명을 늘려 쓰는 일은 물건에 대한
최소한의 대접일 것입니다.

박경준(동국대 교수)

나는 그를 버릴 수 없다

어느 고승 문하에 백여 명의 제자가 있었습니다.

어느 날 한 문하생이 동료의 물건을 훔치는 사건이 생겼습니다.

동료들이 그를 쫓아내자고 했으나 고승은 거절했습니다.

얼마 후, 도난 사건이 또 생기자 문하생들이 들고일어나

그를 내쫓지 않으면 자기들이 나가겠다고 항의했습니다.

고승은 전 문하생을 불러놓고 단호히 말했습니다.

"그래, 너희들은 현명하다.

옳고 그른 것을 분별할 능력은 하늘이 내린 복이다.

너희들은 어디를 가더라도 잘못됨이 없을 것이다.

하지만 옳고 그름을 분별하지 못하는 이 녀석을

내가 가르치지 않고 쫓아낸다면

어디서 무엇을 배워 구제 받겠느냐?

너희들 모두가 이 절을 떠난다 해도

나는 이 녀석을 포기할 수 없다."

김원각(시인)

가진 것이 없어도 나눌 수 있다

어떤 사람이 석가모니 부처님을 찾아가 여쭈었습니다.
"저는 하는 일마다 제대로 되는 일이 없습니다.
무슨 이유입니까?"
"그것은 네가 남에게 베풀지 않았기 때문이니라."
"저는 가진 것이 아무것도 없습니다."
"가진 것이 아무것도 없어도 나누어 가질 수 있다.
부드럽고 편안한 미소와 눈빛으로 사람을 대할 수 있고
공손하고 아름다운 말로 사람을 대할 수 있으며
예의 바르고 친절한 몸가짐으로 사람을 대할 수 있다.
착하고 어진 마음으로 사람을 대할 수 있고
다른 사람에게 자리를 양보할 수도 있고
다른 사람의 무거운 짐을 덜어 줄 수도 있다."

『잡보장경』 중에서

눈을 감으면 보여요

화담 서경덕 선생이 길에서 울고 있는 젊은이에게 물었습니다.
"그대는 왜 우는가?"
"저는 다섯 살에 눈이 멀어 이제 스무 해나 되었습니다.
아침에 집을 나와 길을 가는데 갑자기 세상이 밝게 보이는지라
한없이 기뻤습니다만
어찌된 일인지 제 집을 그만 찾지 못하고 있습니다.
골목도 헷갈리고 대문은 서로 같아
도저히 집을 찾을 수 없으므로 그래서 웁니다."
"그렇다면 도로 네 눈을 감아 보아라. 집을 찾을 수 있으리라."
젊은이는 과연 눈을 감고서야 집에 다다를 수 있었습니다.

분별分別 이전以前으로 돌아가야
사물의 본모습을 오롯이 볼 수 있습니다.
그 젊은이처럼…….

맹난자(수필가)

황소를 소매치기 당하다

소를 몰고 집으로 가던 한 농부가 있었다.

농부는 길에서 귀한 가죽신 한 짝을 보았다.

한 짝으로는 쓸모가 없기에 멀리 던져버렸다.

한참을 더 가다 이번엔 이미 던져버린 가죽신의 다른 한 짝을
줍게 되었다.

한동안 망설이던 농부는 소를 길옆 소나무에 단단히 매어 놓고
헐레벌떡 뛰어갔다.

이때 수상쩍은 사내 두 명이 얼른 길가 소나무 뒤에 몸을 숨겼다.

가죽신 한 켤레를 다시 주운 그는 횡재한 생각에 날듯이 돌아왔
지만, 황소는 이미 없어진 뒤였다.

눈앞의 작은 욕심과 말재주꾼들에게 속아

자신의 가장 '소중한 것'을 잃어버리는 사람들이

왜 이리 많을까요?

이정우(군승법사)

인격

양반 두 사람이 푸줏간에 들렀습니다.

첫째 양반이 말했습니다.

"어이 박상길이, 고기 한 근만 줘."

둘째 양반이 말했습니다.

"박 서방, 나도 한 근만 주게."

고기를 받아들자 첫째 양반이 소리를 질렀습니다.

"이놈아, 같은 한 근인데 내 것은 왜 이리 작으냐?"

푸줏간 주인 박상길이 말했습니다.

"예, 손님 고기는 상길이라는 상놈이 자른 것이고,

이 어르신 고기는 박 서방이 잘랐으니 다를 수밖에요."

아주 작은 구멍을 통해서도 햇빛이 새어나듯이

말 한 마디에도 자신의 인격을 드러냅니다.

김원각(시인)

마음의 고요가 행복

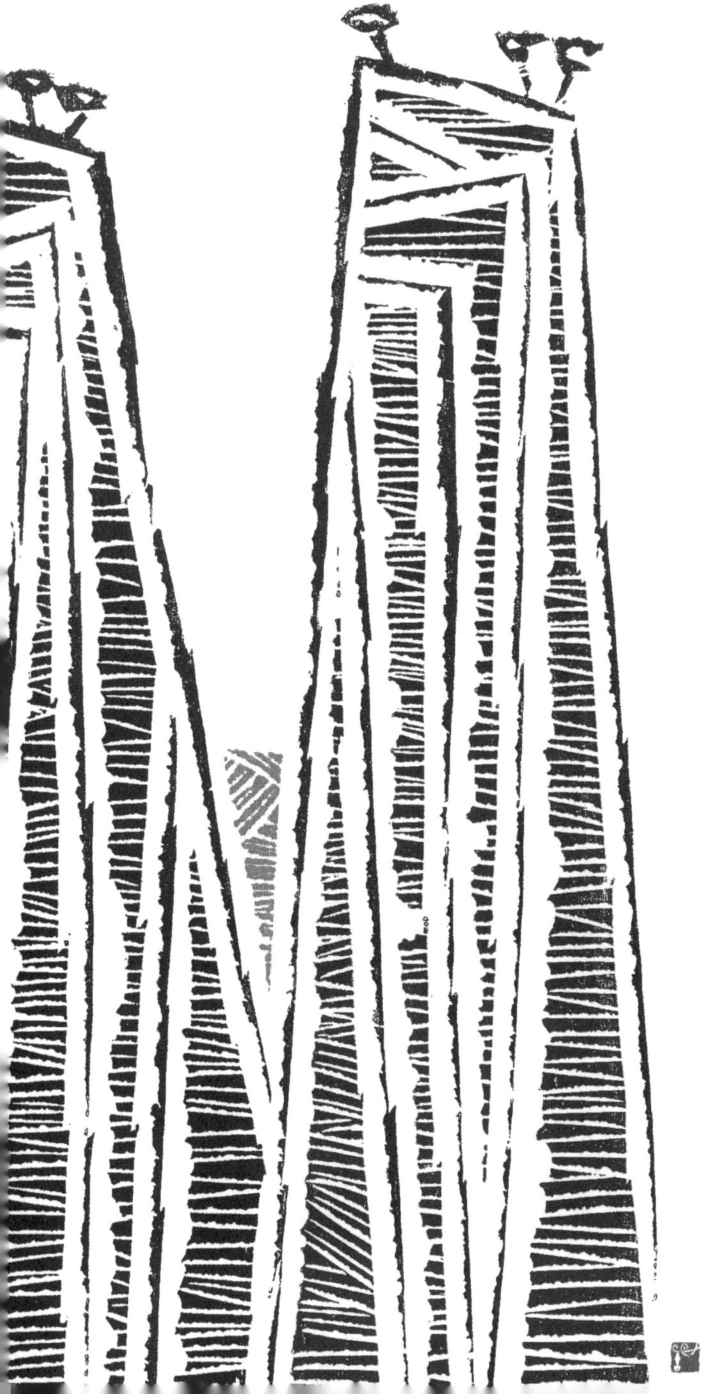

한 생각 바꿨더니

소나무가 진달래에게 말했습니다.
"가지만 앙상한 가을날의 네 모습, 딱도 해라."
진달래가 콧방귀를 뀌며 말했습니다.
"눈에도 안 띄는 봄날의 네 꽃은 어떻고?"
소나무는 기분이 나빴습니다.
이런저런 생각에 밤에는 잠도 자지 못했습니다.
이튿날입니다. 소나무가 진달래에게 말했습니다.
"네가 봄에 피우는 그 연분홍 꽃은
정말이지 그렇게 아름다울 수가 없어."
진달래가 환히 웃으며 말했습니다.
"아름답긴 뭘, 눈서리에도 지지 않는
너의 그 푸른 잎새야말로 그렇게 미더울 수가 없지."
소나무는 기분이 좋았습니다.
어제는 왜 그렇게 기분이 나빴는지
오늘은 왜 이렇게 기분이 좋은지
소나무는 잘 알게 되었습니다.

정진권(수필가)

장군과 찻잔

용맹스럽기로 이름난 한 장군이 평소 애지중지하던
골동품 찻잔을 꺼내어 감상하고 있었습니다.
이리저리 만지다가 갑자기 찻잔이 손에서 미끄러졌습니다.
"어이쿠!"
얼른 찻잔을 움켜잡은 장군의 등에서는 식은땀이 흘렀습니다.
'천만대군을 이끌고 죽음이 난무하는 전쟁터를 들락거리면서도
한 번도 떨린 적이 없었는데, 어이하여 이까짓 찻잔 하나에
이토록 놀란단 말인가?'
장군은 미련 없이 찻잔을 깨어 버렸습니다.

보이는 것에 대한 사랑과 미움, 혹은 집착이 무엇입니까?
마음의 평화와 삶의 지혜를 어지럽히는
보이지 않는 장애가 아닐까요.

이우상(소설가)

따뜻한 가슴이 필요합니다

경주의 최부잣집이 삼백 년을 넘게 만석꾼으로
내려올 수 있었던 것은
어느 노스님에게서 받은 한마디의 말씀을
평생 잊지 않았기 때문입니다.
"재물은 분뇨와 같아서
한 곳에 모아두면 악취가 나서 견딜 수 없고
골고루 사방에 흩뿌리면 거름이 되는 법이다."
부자가 오랫동안 부자로 남을 수 있었던 것은
나눌 수 있는 따뜻한 가슴을 가졌기 때문입니다.
우리가 불행한 것은 가진 것이 적어서가 아니라,
나눌 수 있는 마음을 잃어가기 때문이 아닐까요.

임솔내(시인)

당신을 매어 놓은 말뚝을 보라

코끼리는 1톤이나 되는 짐을 코로 쉽게
들어 올릴 수가 있습니다.
그런데 서커스를 보러 가면 이 무시무시한 힘을 지닌 코끼리가
아주 작은 나무말뚝에 묶여서
얌전히 서 있는 것을 볼 수 있습니다.
코끼리는 어린 시절부터 아주 든든한 쇠말뚝에 묶여서 자랍니다.
아무리 기운을 써서 이 쇠말뚝을 뽑으려 해도
어리기 때문에 뽑을 수가 없습니다.
이렇게 지내다가 몸이 커지고 힘이 세져도
그리고 약한 나무말뚝에 묶여 있다 하더라도
코끼리는 달아날 수가 없다고 생각합니다.

우리들은 자신을 구속하는 말뚝을 깨닫지 못합니다.
자신을 매어 놓은 말뚝이 어떠한 것인지
생각해 보아야 할 것입니다.

이정우(군승법사)

의심

의심처럼 무서운 것은 없다.
의심이란 분노를 일으키게 하는 근본 요인이며,
두 사람 사이를 갈라놓는 독이며,
서로의 생명을 손상시키는 칼날이며,
서로의 마음을 괴롭히는 가시이다.

『아함경』 중에서

비워야 담는다

어느 학자가 선사를 찾아뵙고 물었습니다.
"불교의 진리가 무엇입니까?"
"차나 한잔 드시지요."
선사는 찻잔이 넘치게 차를 따랐습니다.
"스님, 그만하시지요. 차가 넘칩니다."
"당신은 지금 이 찻잔과도 같이 가득 채워져 있소.
그러니 내가 무슨 말을 하여도 넘쳐흐를 뿐,
담겨지지 않을 것이오."

마주 앉은 사이로 침묵이 흘렀습니다.
두 사람은 그대로 산이 되어 버렸습니다.

맹난자(수필가)

내려놓게

조주 스님으로부터 배움을 구하고자 한 제자가 왔습니다.
제자는 선물을 가져오지 않은 것이 미안해서
변명조로 조주 스님에게 이렇게 말했습니다.
"이렇게 빈손으로 왔습니다."
"그렇다면 무거운데 거기 내려놓게."
"아무것도 갖고 오지 않았는데 무얼 내려놓으라는 것입니까?"
"그럼 계속해서 들고 있게나!"

그대의 마음에서
내려놓아야 할 것은 무엇입니까?

문윤정(수필가)

마음의 고요가 행복이다

바닷물은 동서남북 사방에서 불어오는 바람 때문에
항상 출렁거리는 것처럼 보입니다.
그러나 깊은 밑바닥은 언제나
연못보다 고요하고 평화롭습니다.
세속에 살면서 우리들의 마음도 이와 같아야 합니다.
거칠고 힘든 일을 당해 울고 웃고 할지라도
속마음은 바윗돌처럼 움직이지 않고 고요해야 합니다.

활안 스님(천자암 조실)

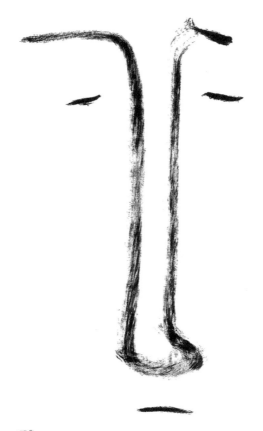

지렁이는 땅속이 갑갑하지 않다

사람과 사람 사이에서 일어나는 갈등은
자기중심의 잣대로 판단하므로 생기는 것입니다.
개구리는 연못이 운동장이고,
올빼미는 밤이 낮이고,
지렁이는 땅속이 갑갑하지 않습니다.

상대의 입장에서 헤아릴 때
닫혔던 문도 열리고, 함께 사는 길도 열립니다.

장용철(시인)

뭣하러

한 고승이 생선 가게 앞을 지나면서 말했습니다.
"음… 저 생선 참 맛있겠다."
옆을 따르던 어린 제자가 듣고 절 입구에 이르자
더는 못 참겠다는 듯이 입을 열었습니다.
"아까 그런 말씀, 스님이 해도 됩니까?"

그러자 고승은 조용히 꾸짖었습니다.

"이놈아, 뭣하러 그 생선을 여기까지 들고 왔느냐?

난 벌써 그 자리에서 버리고 왔다."

김원각(시인)

마음을 바꾸지 않는다면

어느 날 제자가 찾아와 스승에게 말했습니다.

"방을 바꿔 주십시오."

"왜 그러나?"

"바람이 불면 창문이 덜컹거려

마음을 가다듬을 수가 없습니다."

"그대는 방을 몇 번이나 옮겼나?"

"세 번째입니다."

"그렇다면 방을 옮기기보다

그대의 마음을 바꿔야겠네."

"네?"

"자네가 마음을 바꾸지 않는다면

방을 바꿔도 마찬가지라는 말일세."

박민호(아동문학가)

파리가 저울에 앉는다면

저울 위에
파리 한 마리 앉게 되면
가리키는 눈금은 변함이 없겠지만
그 무게는 거짓이 됩니다.

한 양동이 청정수에
한 점의 오물이 떨어지면
그 물은 폐수가 됩니다.

무심한 마음에
미워하는 마음이 얹히면
분노가 되고,
가지고 싶은 마음이 얹히면
탐욕이 됩니다.

천룡 스님(법주사 한주)

그것 또한 지나갈 것이다

왕이 신하들에게 다음과 같은 임무를 주었습니다.
"마음이 슬플 때는 기쁘게 해주고, 마음이 기쁠 때는
그 들뜬 마음을 가라앉혀 주는 물건을 구해오너라."
신하들은 며칠 밤낮을 토론한 끝에 반지 하나를
왕에게 바쳤습니다.
왕은 반지에 새겨진 글귀를 읽고는 웃음을 터뜨렸습니다.
"그것 또한 지나가리라."

모든 것이 변한다는 것은 받아들이기 힘든 고통이기도 하지만,
반면에 고정되어 있지 않고 변화가 있기에
희망이 있는 것입니다.

이정우(군승법사)

마음을 바꾸면

병든 시어머니를 모시는 며느리가 있었습니다.
아침마다 방문을 열고 시어머니의 안색을 살핍니다.
'오늘도 차도가 없겠구나' 생각하니
살아가는 나날이 힘겹게만 느껴집니다.

그런데 어느 날 문득 마음을 바꿔먹기로 했습니다.
'모든 것이 두터운 내 업장業障 탓,
그 업장을 소멸할 기회가 주어졌다'라고 생각하니
시어머니를 모시게 된 것이
여간 고맙지가 않았습니다.
마음을 바꾸니 몸도 훨씬 가벼워졌습니다.

강현미(시인)

무엇을 찾느냐

어느 산속 조그마한 절에 노스님이 꼬마스님과
단둘이 살고 있었습니다.
하루는 노스님께서 물을 길어 오라고 했습니다.
꼬마스님이 노래를 부르며 물을 담으려는데,
우물에 달이 둥둥 떠 있는 것을 보았습니다.
'그래! 저 달을 길어 가면 스님께서 좋아하실 게야.'
꼬마스님은 우물에 떠 있는 달을 조심조심 담았습니다.
"왜 이리 늦었느냐?"
"달을 길어 오느라고요."
꼬마스님은 의기양양한 표정으로 물병을 따랐습니다.
"어? 이상하네. 스님, 왜 달이 안 나오죠?"
꼬마스님이 자꾸만 물병을 기울이고 들여다보는데도
노스님은 그저 말없이 웃기만 합니다.

임준성 (한양대 강사)

채널을 바꾸듯이

텔레비전을 보다가 보고 싶지 않은 장면이 있으면
리모컨으로 얼른 채널을 바꿀 수 있습니다.
우리 마음에도 아마 수십 개의 채널이 있겠지요.
사소한 일에 화를 내다가도 얼른 리모컨을 눌러 용서의 채널로,
미움이 솟아오를 때도 숨을 고르고 자비의 채널로 바꿀 수 있는
선택권도 자신이 가지고 있습니다.
미움, 분노, 절망, 조급함 이러한 채널을 누르기보다는
존중, 용서, 희망, 기다림이라는 채널에
마음을 고정시킬 수 있다면 좋겠습니다.

문윤정(수필가)

제대로 놓여 있는지

비가 억수같이 쏟아져도 잘못 놓인 그릇에는 물이 담길 수 없고
가랑비가 내려도 제대로 놓인 그릇에는 물이 고입니다.

살아가면서 가끔씩 자신의 마음그릇이
제대로 놓여 있는지 확인해 볼 일입니다.

원철 스님(경학자)

어리석은 나그네

나그네가 강가에 이르렀습니다.
마침 주인 없는 나룻배가 있어
강을 무사히 건널 수 있었습니다.
그 나룻배가 너무 고마워
나룻배를 등에 지고 여행길에 오른다면
사람들은 그를 어리석다 할 것입니다.

문득 우리를 돌아볼 때,
우리는 버려야 할 것들을
너무 많이 등에 지고 살아가는
나그네가 아닌가 합니다.

강현미(시인)

네 명의 아내

아내를 네 명이나 둔 사람이 죽을 때가 되어 아내들에게 물었다.

"내가 죽으면 어떻게 하겠는가?

이제껏 나를 위해 주었으니 이제 내 뒤를 따르겠소?"

그러나 남편에게 음식과 의복 수발을 들었던

첫째 아내는 냉담하게 거절했다.

서로 만나면 늘 기뻐하며 헤어지기를 극도로 싫어했던

둘째 아내 역시 그러했고,

가끔 만나 지난 일을 회상하며 즐겁게 지냈던

셋째 아내도 거절했다.

그러나 그간 별로 돌보지 않았던 넷째 아내가,

"이미 한평생을 같이 했는데 무엇을 못하겠습니까?"

하고 따라 나섰다.

부처님께서는 이 비유에 대해 이렇게 말씀하셨다.

"첫째 아내는 사람의 육체요, 둘째는 재산이며,

셋째는 친지이고, 넷째는 사람의 마음이다."

우리가 마지막에 가지고 갈 수 있는 건

오직 하나, 닦은 마음뿐이다.

『아함경』 중에서

인내

어리석은 사람이
화를 내며 욕을 퍼부을 때,
나는 침묵과 인내로 그를 다스린다.

내 말을 잘 들어라.
대개 보면 자기의 주장이나 행동이
옳음에도 불구하고
강한 사람 앞에서 참는 것은
그가 두렵기 때문이요,
동등한 힘을 가진 사람 앞에서 참는 것은
싸우기 싫어서이다.
그러므로 자기보다 약한 사람에게
기꺼이 참는 것이
가장 훌륭한 인내이니라.

『잡아함경』 중에서

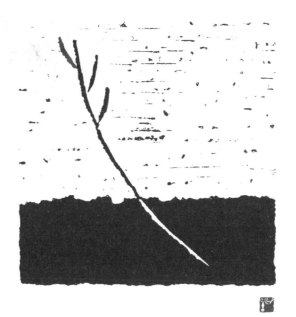

길에서 만난 두 왕

옛날, 어느 왕이 마차를 타고 암행을 하다
좁은 시골길에서 다른 마차와 마주쳤다.
암행 중임을 깜박 잊은 왕은 당연히 상대방이 비켜나기를
기다리며, 얼른 양보하지 않는 앞사람에게 따지듯 물었다.
"너는 누구냐?"
"나는 왕이다."
"내가 이 나라의 왕인데, 너도 왕이라면
어느 나라를 다스리느냐?"
"나는 내 자신을 다스리는 왕이다."
"······!"

한 나라를 다스리는 왕보다 자기 자신을 잘 다스리는 자가
더 훌륭하다고 합니다.
수많은 유혹들이 나에게 손짓하는 세상,
오늘도 '자기 자신을 잘 다스리는 왕'의 자리에서
쉽게 비켜서지 맙시다.

이정우(군승법사)

그림자놀이

어떤 사람의 정원에 크고 넓은 바위가 있었습니다.

그는 바위 위에 드러누워 하늘의 구름을 쳐다보거나,

친구들과 술판을 벌이기도 했습니다.

하루는 지나가던 석공이 바위에 불상을 새길 것을 권하기에

그는 그렇게 하기로 마음먹었습니다.

그 후 무심코 바위에 드러누웠다가 자신의 행동이 어쩐지

불경스럽게 생각되어 몸을 벌떡 일으켰습니다.

그리고 두렵기까지 했습니다.

바위는 고귀함도 속됨도 없이 옛날 그대로인데,

그 사람 마음이 그렇게 만들어버린 것입니다.

두려움과 불안은 마음의 그림자일 뿐인데,

우리는 지금 그림자놀이에 열중하고 있는지도 모릅니다.

문윤정(수필가)

부자 되는 법

어느 샐러리맨의 아내가 통장에 돈 모일 새가 없다며 불평하자
남편이 진지하게 물었습니다.
"여보, 그 통장에 한 오억쯤 들어 있어도
쓰지 않으면 없는 거나 마찬가지겠지?"
아내는 순간, '오억'이라는 말에 도취되어 얼른 동의했습니다.
"그야…… 그렇겠죠?"
남편이 이번에는 장난꾸러기처럼 물었습니다.
"그렇다면, 지금 그 통장에는 몇 십만 원밖에 들어 있지 않지만,
한 오억쯤 들어 있는데도 안 쓰는 셈 치면
있는 거나 마찬가지겠지?"
아내는 기가 막혔지만 남편의 익살이 밉지 않아
깔깔 웃고 말았습니다.
한바탕 웃고 나니 부자 되기란
마음가짐에 달렸다는 생각이 들었습니다.

강호형(수필가)

3。
통찰하기

처음 그것

옛날 어느 나라에서는 혼기를 앞둔 딸을 교육할 때
바구니를 들려 옥수수 밭으로 들여보낸다고 합니다.
'가장 마음에 드는 옥수수를 따오면,
아주 마음에 드는 훌륭한 신랑감을 골라 줄 것'이라고
약속한다고 합니다.
그러나 딸들은 대개
빈 바구니를 들고 밭을 걸어 나온다고 합니다.
처음에 마음에 드는 것을 골랐으나
'조금 더 가면 더 좋은 것이 있겠지' 하고
자꾸 앞으로만 나가다가 결국은 밭이랑이 끝나
빈손으로 나오는 것입니다.

멀고 긴 인생의 행로에서 내가 선택할 것이 많으나
참으로 내 것인 것은 그리 많지 않습니다.
처음 내 것이라고 생각한 그것이 소중한 것입니다.

장용철(시인)

개에게 우유를 먹이는 방법

어떤 사람이 개에게 우유가 좋다는 말을 듣고
붙잡고 앉아 우유를 먹였습니다.
억지로 우유를 먹일 때마다
개는 싫다고 몸부림을 쳤습니다.
어느 날 개가 실수로 우유 통을 넘어뜨려
바닥에 엎지르고 말았습니다.
그런데 놀랍게도 개가 다시 다가와 핥아먹는 것이었습니다.
그 사람은 그제야 개가 우유를 싫어했던 것이 아니라
자신의 방법이 틀렸다는 것을 깨달았습니다.

자신의 판단만으로 일방적으로 베푸는 것은
애정이 아닙니다.
내가 원하는 방식이 아닌,
상대가 원하는 방식으로 베풀어주는 것이
진정한 사랑입니다.

장용철(시인)

지혜로운 가르침

물가에서 한 아이가 거북이를 잡아 패대기를 치고 있었습니다.
아무리 내리쳐도 죽지 않자 아이는 신기한 듯
계속 똑같은 행동을 반복했습니다.
그때 지나가던 어른이 물었습니다.
"아무리 죽이려 해도 죽지 않지?"
"예."
"내가 죽이는 방법을 가르쳐 줄게. 거북이를 물속에 빠뜨리는
거야. 그러면 틀림없이 죽을 거야."

아이는 그렇겠다 싶어 물속에 거북이를 던져 버렸습니다.
거북이는 헤엄을 치며 물속으로 들어가고 있었습니다.
아이의 눈에는 영락없이 거북이가 물에 빠져
허우적거리는 모습으로 비쳐왔습니다.

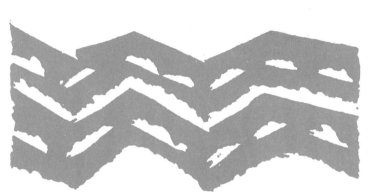

훌륭한 가르침이란 자연스럽게 받아들여지며
이처럼 모두를 이롭게 합니다.

김원각(시인)

안전거리

차와 차 사이에 안전거리가 필요하듯이
사람과 사람 사이에도 안전거리가 필요합니다.
자기 욕심에만 어두워 분별심을 잃고
인간관계의 안전거리를 무시하면
돌이킬 수 없는 상처를 남기고
'불행'이라는 견인차에게 견인 당하게 됩니다.

어린나무를 심을 때
일정한 간격을 유지하는 것처럼
건강한 인간관계의 지속을 위해서는
함께 지키고 존중해야 할 안전거리가 있습니다.

장용철(시인)

무엇이 사람을 천하게 만드는가

불타 석가모니는 『숫타니파타』에서 '천한 사람'에 대하여
이와 같이 말한다.
"얼마 안 되는 물건을 탐내어 사람을 죽이고
그 물건을 약탈하는 사람, 증인으로 불려 나갔을 때
자신의 이익이나 남을 위해서 거짓으로 증언하는 사람,
가진 재산이 넉넉하면서도 늙고 병든 부모를 섬기지 않는 사람,
남의 집에 갔을 때는 융숭한 대접을 받았으면서
그 쪽에서 손님으로 왔을 때 예의로써 보답하지 않는 사람,
사실은 성자(깨달은 사람)도 아니면서 성자라고
자칭하는 사람,
그런 사람들은 전 우주의 도둑이다.
그런 사람들이야말로 가장 천한 사람이다.
날 때부터 천한 사람이 되는 것은 아니다.
태어나면서부터 귀한 사람이 되는 것도 아니다.
오로지 그 행위에 의해서 천한 사람도 되고
귀한 사람도 되는 것이다."

법정 스님

자신이 본다

누군가 보는 사람이 없다고 해서
함부로 행동해서는 안 됩니다.

해와 달과 별이 보지 않는다고 해서
아무도 보지 않는 것이 아닙니다.

새와 나무와 바람이 보지 않는다고 해서
아무도 보지 않는 것이 아닙니다.

자신이 하는 일은
자신이 지켜보고 있는 것입니다.

묘원(상좌불교 한국명상원장)

오줌 누는 자갈

농사에 경험이 없는 젊은이가
흙 속에 박힌 자갈을 전부 주워낼 요량으로
하루 종일 땀을 흘리고 있었습니다.
이를 말없이 지켜보던 동네 노인이 한마디를 던졌습니다.
"젊은이, 자갈이 오줌을 누는 법이라네.
자갈은 흙 속에 물기를 머금고 있다가
흙이 뜨거워지면 물을 내뿜어 수분을 조절해 주고,
땅에 숨구멍을 내주어
결과적으로 농사에 이로움을 준다네."

우리 삶에도 이런 자갈이 수없이 박혀 있겠지요.
그런데 자갈 탓을 하느라 정작 씨앗
뿌릴 시기를 놓치고 있지는 않은지요.

이명선(수필가)

완벽한 짝 찾기

두 친구가 있었습니다.
한 친구는 완벽한 여인을 찾았고
다른 친구는 수수한 여인을 그렸습니다.
수수한 여인을 만난 친구는 결혼을 했고
완벽한 여인을 찾던 친구는 홀아비로 늙었습니다.

먼 훗날 장터에서 만나
결혼한 친구가 홀아비 친구에게 물었습니다.
"아직도 못 찾았나?"
"응! 딱 한 번 찾긴 찾았지."
"그런데 왜 아직?"
"응! 그녀도 완벽한 남자를 찾고 있더라고."

법현 스님(열린선원 원장)

보기 나름이지

두 사람이 달구경을 하면서 다음과 같은
대화를 주고받았습니다.
"저 달이 둥글 때는 뾰족한 모습이 어디로 갔으며,
뾰족할 때는 둥근 모습이 어디로 갔습니까?"
"뾰족할 때는 둥근 모습이 숨고
둥글 때는 뾰족한 모습이 숨겠지요."

우리도 둥근 모습과 뾰족한 모습을 다 가지고 있지 않을까요?
단지 어떤 사람에게는 둥근 모습을,
어떤 사람에게는 뾰족한 모습을
더 많이 보여주었을 뿐이지요.

문윤정(수필가)

열심히 하다 보면

목장 주인이 되기를 꿈꾸는 청년이 소를 한 마리 사 왔습니다.
그때 외양간 앞을 지나가는 노인에게 청년이 물었습니다.
"앞으로 소가 수십, 수백 마리로 늘어나면 이 좁은 외양간으론
어림도 없을 텐데, 그때는 어떻게 해야 하나요?"
"여보게, 강을 건너려면 무엇이 필요한가?"
"배가 필요하지요."
"자네는 지금 배도 없는데 어찌 강을 건너려고 하는가?
할 일을 먼저 하게. 자네가 그 일을 열심히 하다 보면
지금 물음에 대한 답은 자연히 얻어질 것이네."

박민호(아동문학가)

석류 이야기

우리 집 마당에 석류나무 한 그루가 있는데
위도가 높아서 열매는 안 열리고
탐스러운 꽃이 한 달 내내 피었다 지는
모습만 볼 수 있습니다.
그러니 내게 석류는 과실나무가 아니라
꽃이나 보는 관상수일 뿐이었습니다.
그런데 올해 이 석류나무에
열매가 세 개나 열렸습니다.
봄철 내내 이상 난동이 이어지더니
그게 석류한테는 약이 된 모양입니다.
그러니 올해만은 과실나무의 본분을 드러낸 셈이죠.

때가 안 되어 능력을 숨기고 있지 않은가,
옆에 있는 친구를 잘 지켜볼 일입니다.

이재운(소설가)

항상 첫맛과 같이

차를 마실 때 과거에 마셨던 차맛을 가지고
현재의 맛과 비교한다면
그 차맛은 첫 번째 맛이 아니라 이미 두 번째 맛일 뿐입니다.
차를 마실 때마다 과거의 맛과 비교하지 않는다면
그 맛은 늘 첫맛입니다.

사람을 만날 때도 과거 생각에 얽매이지 않는다면
그 사람과의 만남은 항상 첫 만남이 될 것입니다.
매일 반복되는 출근길에서도 늘 첫 출근이라 생각한다면
날마다 가슴 설레는 하루가 되지 않을까요?

지운 스님(동화사 강주)

성패의 갈림길

제자가 부처님께 물었습니다.
"부처님, 세상 사람은 제각기 직업을 가지고 사는데,
어떤 이는 성공하고 어떤 이는 실패합니다.
그 이유는 무엇입니까?"
부처님이 말씀하셨습니다.
"어리석은 사람은 자기가 할 수 있는 일은 하지 않고
할 수 없는 일을 하려고 애쓴다.
그러나 지혜로운 사람은 할 수 없는 일은 하지 않고
할 수 있는 일에 온 힘을 바친다."

『증일아함경』 중에서

틈

허공엔
주먹이나 온갖 것이
다 들어가듯이
구멍 하나 없는 나무토막에
못이 박히는 것은
그 안에 틈이 있어서 그렇습니다.

단단하기 이를 데 없는 강철을
무르디 무른 물이 헤집고 들어가
매끈하게 잘라 내는 것도
역시 틈이 있어서 그렇습니다.

서로 다른 존재들을 이해하기 위해서는
그들이 들어올 수 있는
마음의 틈을 마련해 두어야 합니다.

법현 스님(열린선원 원장)

보다 쉬운 일

물고기를 살생할 수 없는
안전한 곳으로 옮기는 것보다
살생하려는 마음을 버리는 것이 더 쉬운 일입니다.

내 발을 보호하기 위해
온 대지를 가죽으로 덮는 것보다는
내 발을 가죽으로 감싸는 것이 훨씬 더 간편합니다.

미운 사람을 피하려고 하기보다는
자신 안에 있는 분노나 미움을
없애는 것이 훨씬 쉬운 일입니다.

달라이 라마

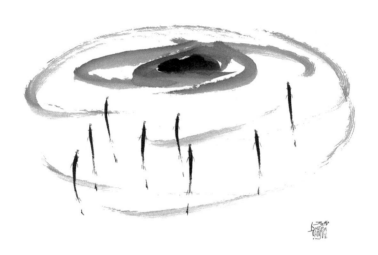

완벽한 무대는 없다

사람들은 선택의 순간에 참으로 많은 갈등을 한다.

만약 여러 가지 일들 사이에서 망설이고 있다면,

건널목의 중간에 서서

되돌아가야 할지 나아가야 할지 모른다면,

그때는 단 51퍼센트에 자신을 걸어보는 것도 괜찮다.

사람들은 지나치게 욕심이 많다.

처음부터 100퍼센트의 조건으로 시작되는 일은

얼마 되지 않는다.

완벽한 무대란 스스로 만들어 가는 것이기 때문이다.

홍신자(무용가·명상가)

공평

뿔이 있는 소는 날카로운 이빨이 없다.
날카로운 이빨을 지닌 범은 뿔이 없다.
날개 달린 새는 다리가 두 개뿐이다.
예쁜 꽃치고 열매가 변변한 것이 없다.
열매가 귀한 것은 대개는 꽃이 시원찮다.

좋은 것만 골라서 한 몸에 다 지니는 이치는
어디에도 없습니다.
뛰어난 재주와 부귀영화는
함께 하지 않는 경우가 더 많습니다.
한꺼번에 누리려 하지 마십시오.
지금 가졌던 것마저
잃을 수도 있습니다.
다 가지려 들지 마십시오.
손에 든 것을 놓아야
새 것을 쥘 수 있는 법입니다.

정민(한양대 교수)

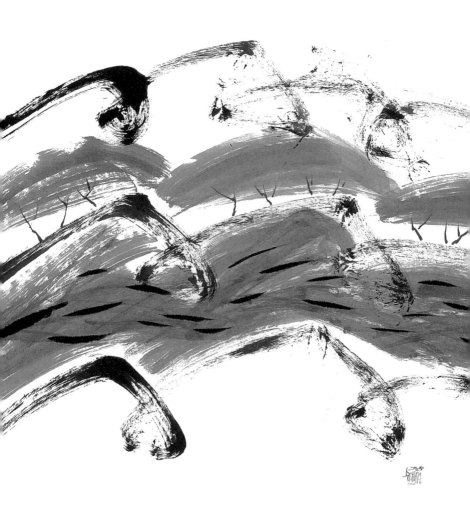

조바심 내지 마라

한 생각이 지극하면 이루어지듯이,
어떤 일을 할 때 조바심 내지 않고 열심히 하다보면
그것이 아무것도 아닌 것 같지만 언젠가는 이루어집니다.

산의 저 잣나무도 한 알의 잣에서 비롯되었습니다.
다람쥐 한 마리가 기암절벽 위로 올라가
겨우내 먹으려고 바위 밑에 저장한 것이
저렇게 큰 나무가 되었습니다.

태응 스님 (해동선원장)

인생의 일기

삼일은 춥고 사일은 따스한 삼한사온의 겨울 날씨처럼
우리들 인생도 그와 같이 행복과 불행한 날들이 번갈아 듭니다.
두 가닥 새끼줄이 같은 굵기로 꼬여야 튼실한 것처럼
인생살이도 고통과 기쁨이 엮여서 더욱 건강하고 알차게 됩니다.
흐린 구비를 돌 때 맑고 갠 구비를 생각하며
땅에서 넘어진 사람들 땅을 짚고 일어서야 합니다.

장용철(시인)

주문

무슨 소리든 만 번을 반복하면
그것이 진언眞言이 되어
그렇게 된다고 합니다.
당신은 지금 무슨 말을 반복하고 계십니까?
"미치겠어."
"미워 죽겠어."
"지긋지긋해."
아무 생각 없이 반복하는 그 소리들이
당신의 인생을 정말 그렇게 만들어 가고 있는 것은 아닌지요.

맑고 향기로운 언어를 반복합시다.
그것이 곧 주문이 되어
당신의 인생을 그렇게 만들어 갈 것입니다.

장용철(시인)

지혜

큰 바윗덩이도 높은 곳에서 멀리 떨어져서 보면
작은 점에 불과합니다.
눈앞에 닥친 큰 문제라 할지라도
넓게 멀리 볼수록 작아지는 법입니다.

라도현(재가수행자)

무엇이 된다는 것

종이 그 속을 비운 이유는
멀리까지 소리를 울리기 위함이고
거울이 세상 모습을 평등하게 담을 수 있는 것은
그 겉이 맑기 때문입니다.

강물이 아래로만 흐르는 것은
넓은 바다가 되기 위함이고
바람이 그물에 걸리지 않는 것은
형체가 없기 때문입니다.

혜자 스님(풍경소리 대표이사)

크고 좋은 것

옷을 짓는 데는 작은 바늘이 필요한 것이니
비록 기다란 창이 있다고 해도 소용이 없고

비를 피할 때에도 작은 우산 하나면 충분한 것이니
하늘이 드넓다 하더라도
따로 큰 것을 구할 수고가 필요 없다.

그러므로 작고 하찮다 하여 가볍게 여기지 말지니
그 타고난 바와 생김 생김에 따라
모두가 다 값진 보배가 되는 것이다.

원효 대사

관성과 멀미

열차가 멈출 때 앞으로 쏠리던 몸이
떠날 때 뒤로 젖혀지거나,
출렁거리는 배 위에서
멀미를 하는 까닭은
겉과 속이 따로 이기 때문입니다.
쏠리지도 젖혀지지도 않고
멀미를 잡으려면
약보다는
앞과 뒤, 겉과 속이 하나 되는
마음을 먼저 먹어야 합니다.

법현 스님(열린선원 원장)

천한 사람 귀한 사람

부처님을 비롯하여 주위의 많은 사람들이
'마탕가'를 칭찬했다. 이를 못마땅하게 여긴
한 제자가 부처님께 말씀드렸다.
"마탕가는 천한 집안 출신의 사람입니다."
그러자 부처님께서 말씀하셨다.
"그런 말을 하지 마라.
태어나면서부터 천한 사람이 되거나
태어나면서부터 귀한 사람이 되는 것이 아니다.
오로지 그 사람의 행위에 의해
천한 사람도 되고 귀한 사람도 되느니라."

김원각(시인)

열쇠와 자물쇠

열쇠가 자물쇠에게 말했습니다.
"나 없으면 넌 아무 소용도 없게 돼.
잠기지도 풀리지도 못하니까.
그럼 어떻게 되지?
제 구실을 못하는 것은 다 버려지고 말아.
이젠 내 말 알아듣겠니?"
자물쇠는 기분이 언짢았지만 할 말이 없었습니다.

그 뒤로 오랜 세월이 흘렀습니다.
열쇠는 아직도 반짝반짝 빛났지만
자물쇠는 낡아서 더는 못쓰게 되었습니다.
주인은 자물쇠를 버렸습니다. 그러고는
"그럼 이것도 필요 없지." 하고 열쇠도 함께 버렸습니다.
열쇠는 무척 억울했지만 할 말이 없었습니다.

정진권(수필가)

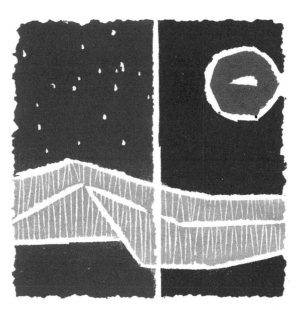

한 알의 콩, 한 줌의 콩

어느 날 원숭이 한 마리가 밭으로 내려와
콩을 배부르게 먹고는 양손에 콩을 가득 쥔 채
산으로 돌아가는 길이었습니다.
그런데 실수로 한 알의 콩을 떨어뜨렸습니다.
원숭이는 한 알의 콩을 주우려고 그만
두 손을 펴고 말았습니다.
마침 놀러 나왔던 꿩과 닭들이 떨어진 콩알을
모두 주워 먹어 버렸습니다.
화가 난 원숭이가 이리저리 뛰며 꿩과 닭들을 쫓아가자,
그들은 도망치면서 어리석은 원숭이를 놀려댔습니다.

한 알의 콩 때문에 한 줌의 콩을 놓쳐버린 원숭이가 되지는
말아야겠습니다.

혜총 스님(대한불교조계종 전 포교원장)

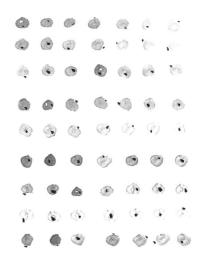

4.

알
아
차
리
기

등불을 든 자화상

하루 종일 밭을 맨 지호는 배가 고팠습니다.
'얼른 밥을 해 먹어야지!'
그런데 문제가 생겼습니다.
아궁이에 묻어 둔 불씨가 꺼져 있었습니다.
그는 등불을 들고 밤길을 나섰습니다.
십 리 밖 철수네로 불씨를 구하러 갔습니다.
"그 등불 속에 불씨가 있는데 어찌 먼 길을 왔나?"
그제야 지호는 자신의 등불을 바라보았습니다.

지금 이 순간, 손에 불을 들고서 불씨를 찾아
헤매는 건 아닌지 자신을 돌아봅니다.

고규태(시인)

거울

한밤중에 도둑이 빈집을 털고 있었습니다.

손전등을 비추며 정신없이 세간을 뒤지고 있을 때.

험상궂게 생긴 괴한이 불쑥 나타났습니다.

소스라치게 놀란 도둑은 반사적으로 칼을 뽑아 들었습니다.

그러자 괴한도 똑같은 자세를 취하며 노려보는 것이었습니다.

다음 순간 도둑은 그만 맥이 풀려

그 자리에 풀썩 주저앉고 말았습니다.

"저놈이 나로구나. 내가 괴한이로구나!"

도둑은 거울에 비친 자기 모습에 놀랐던 것입니다.

지금 거울 속의 나는 어떤 모습일까요?

강호형(수필가)

사람의 마음

어느 날 마당에서 토끼에게 풀을 먹이던 아이가 물었습니다.

"엄마, 토끼는 어디를 잡아야 꼼짝 못하지요?"

어머니가 대답했습니다.

"그야 귀를 잡으면 되지."

그때 고양이 한 마리가 담장 위를 지나갔습니다.

아이가 물었습니다.

"엄마, 그러면 고양이는 어디를 잡아야지요?"

"목덜미를 잡으면 되지."

이번에는 어머니가 물었습니다.

"그러면 사람은 어디를 잡아야겠니?"

"목덜미를요. 아니, 팔을요. 아니에요… 모르겠어요."

하지만 어머니는 답을 말하지 않았습니다.

이제 아이는 자라서 엄마 나이만한 어른이 되었습니다.

그러던 어느 날 문득 깨달았습니다.

사람은 목덜미를 잡을 수도, 팔을 잡을 수도 없고

오직 마음을 잡아야만 된다는 것을.

그리고 어머니가 왜 가르쳐 주지 않았는지도 깨달았습니다.

손광성(수필가)

한 톨의 씨앗

수행자가 평소 선한 일을 하는 여인을 칭찬하며 말했다.

"하나를 베풀면 백이 생기며, 마침내는 깨달음을 얻을 것입니다."

여인이 고개를 조아리며 대답했다.

"보잘 것 없는 일에 어찌 그런 복을 받겠습니까?

칭찬이 지나치십니다."

수행자가 빙그레 웃으며 물었다.

"마당에 있는 500년 묵은 은행나무를 보셨습니까?"

"예. 그 은행나무에서는 해마다 수백 섬의 열매가 맺힙니다."

"그럼, 수백 섬의 열매를 따기 위해서

씨앗을 한 가마쯤 심었겠군요?"

"그럴 리가 있겠습니까? 씨앗 한 톨을 심었을 뿐입니다."

"그런데 어찌 내 말이 지나치다고 하십니까?"

이용범(소설가)

복과 근심

복은 검소함에서 생기고
덕은 겸양에서 생기며
지혜는 고요히 생각하는 데서 생긴다.

근심은 애욕에서 생기고
재앙은 물욕에서 생기며
허물은 경망에서 생기고
죄는 참지 못하는 데서 생긴다.

『숫타니파타』중에서

수레와 소

"무엇을 하고 있는가?"

"부처가 되려고 이렇게 앉아 있습니다."

다음날 스승은 제자 앞에 다가가 벽돌을 갈았습니다.

"벽돌을 갈아 무엇에 쓰려고 그러십니까?"

"거울을 만들려고 하네."

"저의 어리석음을 말씀하고 계시는군요.

그럼 제가 어찌해야 합니까?"

"수레가 가지 않을 때 수레를 탓해야 하겠는가,

소를 다그쳐야 하겠는가?"

깨달음의 삶이란

가만히 앉아 좌선만 한다고 구해지는 것이 아니라

날마다 새롭게 자신을 다그쳐 가야만 한다는 이야기입니다.

수레가 환경을 비유한다면, 소는 바로 자신을 가리킵니다.

당신은 지금 수레를 탓하고 있습니까,

소를 다그치고 있습니까?

정찬주(소설가)

하루를 살듯이

일을 시작함에
평생 동안 할 일이라 생각하면
어렵고 지겹게 느껴지는 것도
하루만 하라면
쉽고 재미있습니다.

슬프고 괴로워도
오늘 하루만이라고 생각하면
견딜 수 있습니다.

백년도 하루의 쌓임이요,
천년도 오늘의 다음날이니
하루를 살듯
천년을 살아보면 어떨까요.

법현 스님

마음에 두지 말라

만행을 하는 스님이 날이 저물어 작은 암자에 들었다.

다음 날 스님이 길을 떠나려 할 때 암자의 노승이 물었다.

"스님은 세상이 무엇이라고 생각하는가?"

"세상은 오직 마음뿐이라고 생각합니다."

그러자 노승은 뜰 앞의 바위를 가리키면서 말했다.

"이 바위는 마음 안에 있느냐? 마음 밖에 있느냐?"

"마음속에 있습니다."

스님이 대답하자 노승은 웃으면서 말했다.

"먼 길을 떠나는 사람이 왜 무거운 바위를 담아가려고 하는가?"

문윤정(수필가)

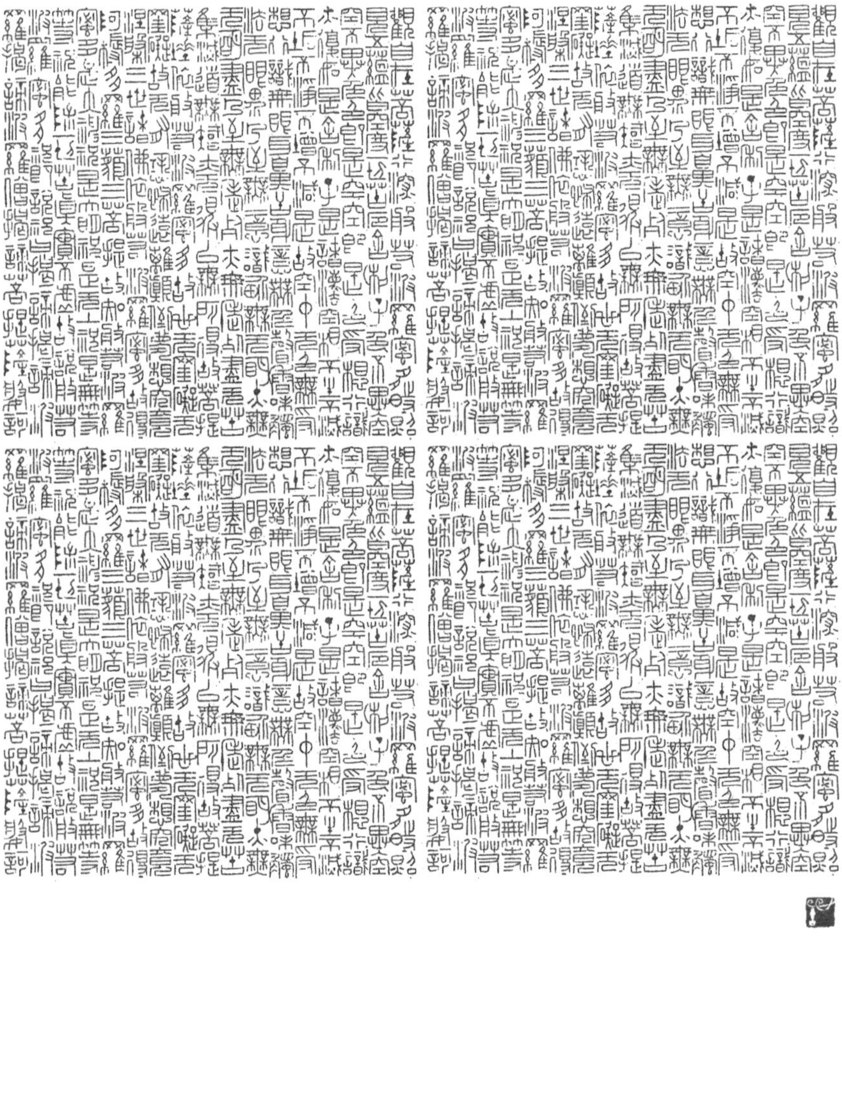

너구리 새끼

어느 날 원효 스님이 대안대사를 만났더니
어미 잃은 너구리 몇 마리를 들고 있었다.
대안대사는 마을에 들어가 젖을 얻어 올 테니
새끼를 보살펴 달라고 부탁했다.
그런데 얼마 안 돼 새끼 한 마리가 굶주려 죽었다.
원효 스님은 너구리가 극락에 왕생하라고
『아미타경』을 읽어 주었다.
그때 대안대사가 돌아와 원효 스님에게 무엇을 하느냐고 물었다.
"이놈도 영혼이라고 왕생하라고 경을 읽는 중입니다."
"너구리가 그 경을 알아듣겠소?"
"너구리가 알아들을 경이 따로 있습니까?"
대안대사는 얼른 너구리에게 젖을 먹이며 말했다.
"이것이 너구리가 알아듣는 『아미타경』입니다."

조오현 스님의 『벽암록 역해』에서

일연一然 스님의 말씀

세상에 제일 고약한 도둑은

바로 자기 몸 안에 있는 여섯 가지 도둑일세.

눈 도둑은 보이는 것마다 가지려고 성화를 하지.

귀 도둑은 그저 듣기 좋은 소리만 들으려 하네.

콧구멍 도둑은 좋은 냄새는 제가 맡으려 하고

혓바닥 도둑은 온갖 거짓말에다 맛난 것만 먹으려 하지.

제일 큰 도둑은 훔치고, 못된 짓 골라 하는 몸뚱이 도둑.

마지막 도둑은 생각 도둑.

이 놈은 싫다, 저 놈은 없애야 한다,

혼자 화내고 떠들며 난리를 치지.

그대들 복 받기를 바라거든

우선 이 여섯 가지 도둑부터 잡으시게나.

고승열전 중에서

예배의 참뜻

먼 지방에 사는 박칼리라는 비구가 중병에 걸려 죽게 되자,
그는 부처님을 뵙고 예배 드리는 것이 마지막 소원이라며
매일 눈물을 흘렸습니다.
이 말을 전해들은 부처님이 직접 찾아갔습니다.
부처님은 여러 가지 위로의 말을 들려주고는 물었습니다.
"네가 살아온 길에 후회되거나 원통하다고
생각되는 일은 없느냐?"
"죽기 전에 마지막으로 부처님을 뵙고 예배 드리는 것이
소원이었는데, 이렇게 일어설 수도 없는 것이
후회되고 원통합니다."
이 말에 부처님은 조용히 말씀하셨습니다.
"박칼리야, 이 썩어질 몸뚱이를 보고 예배를 해서
어쩌자는 것이냐!
나를 보려거든 이 몸뚱이가 아니라 진리를 보아라,
진리를 보는 것이 나를 보는 것이니라."

김원각(시인)

좋은 벗

어느 사람이 부처님께 물었습니다.
"어떤 사람이 객지에서 가장 좋은 벗입니까?"
"먼 길을 가는 사람에게
친절히 길을 안내해 주는 사람이다."

"집안에서 가장 좋은 벗은 누구입니까?"
"정숙하고 어진 아내는 집안의 가장 좋은 벗이다."

"세상을 살아가는데 가장 좋은 벗은 누구입니까?"
"서로 화목하게 지내는 일가친척이니라."

"그렇다면 미래의 가장 좋은 벗은 누구입니까?"
"평소에 닦은 선행이 미래의 가장 좋은 벗이니라."

『잡아함경』 중에서

공空

씨앗을 쪼개 본다.
아무것도 그 속에 숨어 있는 게 없다.
어디 있다 왔는가 꽃들은?
어디서 왔다가
어디로 사라지고 있는가?

김재진(시인)

기도의 의미

어떤 수행자가 부처님께 질문했습니다.
"부처님, 바라문들은 신에게 기도하면 모든 것이
이루어진다고 합니다. 악행을 행하여도 기도를 하면
죄를 사하고 천당에 갈 수 있습니까?"
부처님은 그에게 되물었습니다.
"여기 깊은 연못에 돌을 던져 놓고 물가에 서서
'돌아 떠올라라' 하고 열심히 기도한다면
그 돌이 떠오르겠느냐?"
"아닙니다. 그럴 리 없습니다."
"물에 빠진 돌은 물에 들어가서 건져내는 것이 옳은 방법이며
그 돌을 아예 물에 집어넣지 않는 것이 더욱 현명한 일이다."

모든 행위에는 결과가 따르기 마련입니다.
잘못된 기도로 위안을 받기보다
잘못을 저지르지 않는 것이 더 현명한 일입니다.

장용철(시인)

선택의 갈림길에서

양개선사에게 한 스님이 물었습니다.

"지금 막 밖에서 뱀이 개구리를 잡아먹으려는 것을 보았습니다.
구해줘야 합니까, 그냥 내버려둬야 합니까?"

"구해준다면 대자연의 질서를 깨뜨리는 것이고,
구해주지 않는다면 한 생명을 저버리는 일이 될 것이다."

"그러면 어떻게 해야 합니까?"

"자연의 질서도 깨뜨리지 않고,
생명도 저버리지 않는 길을 택해야지."

"?"

문윤정(수필가)

몸과 입과 마음

한 청년이 덕 높은 스승의 문하에 찾아와 제자가 되기를 청하자
선배들이 문하에서 지켜야 할 수백 가지 규칙을 일러주었다.
청년이 한숨을 내쉬며 말했다.
"저는 그 규칙을 지킬 자신이 없습니다."
마침 스승이 밖에서 돌아오다가 집으로 돌아가려는
청년을 만났다.
"왜 돌아가려 하는가?"
"규칙이 너무 많아 다 지킬 수 없습니다."
스승이 청년의 얼굴을 살펴본 후 물었다.
"세 가지 규칙은 지킬 수 있겠지?"
"세 가지는 지킬 수 있습니다."
"그럼, 네 몸과 입과 마음을 깨끗이 하라.
규칙은 그것으로 충분하다."

이용범(소설가)

못된 성질

한 청년이 고승을 찾아와 말했습니다.
"저는 툭하면 성질을 잘 부립니다. 그래서 친구도
없습니다. 어떻게 하면 고치겠습니까?"
"그래? 어떤 성질인지 알아야 처방이 나오니,
우선 한번 보여 다오."
"스님, 그 성질이 언제 나타날지 저도 잘 모릅니다.
나타나더라도 어떻게 보여드립니까?"
"그렇다면 그 못된 성질은 자네 것이 아니네.
언제라도 보여줄 수 있어야 자네 것이지.
자네가 날 때부터 갖고 있던 것이 아니라
밖에서 들어온 것이 분명해.
지금은 그 성질이 자네한테서 멀리 떠난 모양이니
다시는 안으로 못 들어오게 잘 단속하게."

김원각(시인)

서로가 서로를

고구마는 가을에 거두어들이면 열매이지만
봄이 되어 밭으로 나가면 씨앗이 됩니다.
열매이면서 동시에 씨앗인 것입니다.
씨앗 속에 열매가 포함되어 있고
열매 속에 씨앗이 들어 있습니다.

일체 모든 것은 서로가 서로를 포함하고 있는 것이지,
각각 분리되어 존재하는 것이 아닙니다.

원철 스님(경학자)

아들에 대한 충고

부처님의 아들이자 제자인 라훌라는
깨달음을 얻기 전에는 심성이 거칠었습니다.
어느 날 부처님이 라훌라를 불렀습니다.
"대야에 물을 떠다가 내 발을 씻겨다오."
부처님은 발 씻은 물을 가리키면서 말씀하셨습니다.
"이 물을 마시거나 양치질을 할 수 있겠느냐?"
"발을 씻은 물은 다시 쓸 수 없습니다."
"말을 조심하지 않는 너도 그 물과 같다."
부처님은 대야를 발로 차 버리며 말씀하셨습니다.
"너는 저 대야가 깨질까 봐 걱정하느냐?"
"이미 발을 씻은 그릇이요,
값이 싼 물건이라서 아깝지는 않습니다."
"너도 그 대야와 같다.
비록 수행자이지만 말과 행동이 바르지 않다면
저 값싼 대야처럼 사람들이 너를 아껴주지 않는다."

이용범(소설가)

실천

당나라 시인 백낙천이 물었습니다.
"어떻게 수행해야 합니까?"
조과선사가 대답했습니다.
"나쁜 짓 하지 말고 선행을 하여라."
"그런 것쯤이야 세 살 먹은 아이도 아는 말입니다."
이에 조과선사가 말했습니다.
"세 살 먹은 아이도 쉽게 할 수 있으나,
백 살 먹은 노인도 실천하기는 어렵다."

김원각(시인)

번뇌하는 그대여!

세상살이에 곤란 없기를 바라지 마라.
세상살이에 곤란이 없으면
업신여기고 사치한 마음이 생기나니.
이익을 넘치게 바라지 마라.
이익이 분에 넘치게 되면
어리석은 마음을 돕게 되나니.

『보왕삼매론』 중에서

지금이 그 때라네

숨이 막힐 정도로 햇볕이 따갑고 더운 여름날,
용스님이 대나무 작대기를 들고 표고버섯을 말리고 있었다.
허리가 굽은 연로한 용스님이 땀방울을 뚝뚝 흘리면서 버섯을
뒤집고 있는 모습을 본 어떤 스님이 안쓰럽게 여겨서 물었다.
"어째서 젊은 사람을 시키지 않고 그 힘든 일을 손수하십니까?"
"남을 시키는 것은 자신의 소임을 다하는 것이 아니지."
"스님의 말씀이 옳습니다만,
이렇게 꼭 햇볕이 따가운 날 해야 합니까?"
"날이 더운 건 나도 아네. 허나 지금이 아니고서야
언제 표고버섯을 말릴 수 있단 말인가?"

인환 스님(동국대 명예교수)

해법

아들이 어렸을 적에
바닷가에 데리고 나간 적이 있습니다.
"아빠, 바다의 끝은 어디예요?"
"저기 끝에 보이는 수평선보다도 더 먼 곳에 있단다."
집에 돌아올 때쯤 되어서야 나는
우리가 서 있던 해변이
바로 '바다의 끝'이었음을 깨달았습니다.

어려운 문제를 만나 고뇌하고 있다면
자신의 발밑을 한번 눈여겨보십시오.
해법은 의외로 가까운 곳에,
바로 자기에게서 발견하게 될지도 모르니까요.

이영일 (수필가)

풍경소리

풍경소리는 우리 삶이 좀더 따뜻하고 평화로워지기를 바라는 마음을 글로 엮는 사람들의 모임으로, 복잡한 도심의 상징인 지하철을 통해 사람들에게 사랑과 지혜를 전하고 있다.

정고암 ┃ 새김아티스트, 전각예술가

전남 나주 출생으로 극동대학교 환경디자인과 교수(정년퇴임), 2016 대한민국미술대전 서예·전각부문 심사위원장 등을 역임하였다. 한국문화의 원류와 아름다움, 동양사상의 우주관, 철학을 바탕으로 현대적이며 독창적인 작품활동을 통해 새로운 장르인 '새김아트'를 창시하였다. 저서로『내가 나를 못말린다』,『삶, 아름다운 얼굴전』,『마음새김』,『천년의 멘토 고전을 만나다』,『선비의 붓, 명인의 칼』,『고암인존』 등이 있다.

www.junggoam.com ┃ www.saeghimart.com

박준수 ┃ 동양화가

충북 단양 출생으로 단국대학교 동양화과를 졸업하고 동 대학 미술학 박사학위를 취득하였다. 단국대, 명지대, 국립현대미술관 등에 외래교수로 출강하였으며, 한국미술협회, 한국조형예술학회 회원으로 활동하고 있다. 동양의 미의식을 현대 한국화로 새롭게 보여주는 실험적 작품세계를 보여주고 있으며, 풍경소리 작가로 동양화를 통한 새로운 대중예술의 가능성을 모색하고 있다.

www.parkjunsoo.com

개에게 우유를 먹이는 방법

초판 1쇄 인쇄 2016년 12월 20일 | 초판 1쇄 발행 2016년 12월 27일
글 풍경소리 | 전각 정고암 | 그림 박준수 | 펴낸이 김시열
펴낸곳 도서출판 운주사

(02832) 서울시 성북구 동소문로 67-1 성심빌딩 3층

전화 (02) 926-8361 | 팩스 0505-115-8361

ISBN 978-89-5746-473-1 03810 값 13,800원

http://cafe.daum.net/unjubooks 〈다음카페: 도서출판 운주사〉